LES PIERRES DE FRANCE

1919

« Les pierres crieront.... »
(Luc. XIX. 40.)

PARIS
LIBRAIRIE FISCHBACHER
33, RUE DE SEINE, 33

1919

LES PIERRES DE FRANCE

1919

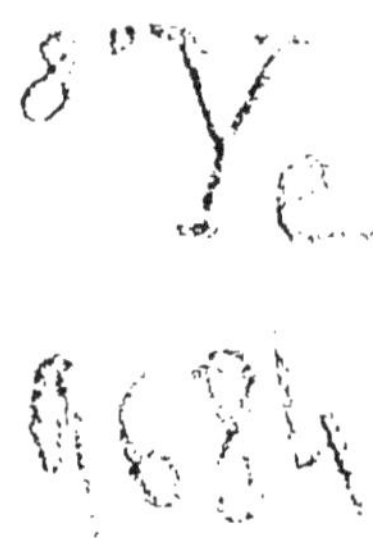

LES
PIERRES DE FRANCE

1919

« Les pierres crieront.... »
(Luc. XIX. 40.)

PARIS
LIBRAIRIE FISCHBACHER
33, RUE DE SEINE, 33

1919

A LA PATRIE VICTORIEUSE, QUI SAIGNE....

PARCE QUE J'AI VU, J'AI PARLÉ...

« C'est ce qu'ont vu nos yeux, entendu nos oreilles,
Que nous vous annonçons », écrit l'apôtre Jean
En racontant aux siens les divines merveilles
    Que faisait le Maître indulgent.

Ainsi, ce que j'ai vu, je voudrais le redire,
Le crier sur les toits, l'apprendre à tout venant...
Non pas pour attiser la haine, ni maudire,
    Mais pour éclairer, simplement;

Afin que l'on comprenne mieux, pour que l'on sache
Comment tu as souffert, ma France! et résisté,
Pour remplir ta sublime et douloureuse tâche,
    O mon cher pays dévasté.

Hélas! il y faudrait une voix de génie,
Digne de tes exploits comme de tes douleurs...
Capable d'exprimer ta grandeur infinie
    Et l'amertume de tes pleurs.

Mais, sans talent, sans force, uniquement sincères,
Je voudrais que mes vers soient pourtant tes témoins,
Vivante Vérité, toujours plus nécessaire,
    Toi dont le monde a tant besoin!

Qu'ils vibrent de l'horreur que mes regards ont vue,
Des appels sans réponse et des douleurs sans cris,
De la foi, qui jamais ne sera confondue,
    Qui soutenait les cœurs meurtris.

Qu'ils soient l'écho fervent, et humblement fidèle,
De la France, au grand cœur miséricordieux,
Qui jamais n'a déçu ceux qui attendaient d'elle
    Le geste le plus généreux.

Et que l'immense amour dont mon âme frissonne
Pour mon pays, si beau de gloire et de douleur,
Passe à travers les mots, aussi chaud qu'il rayonne
    Dans le fond de mon cœur!

LES PIERRES DE FRANCE

Les pierres de France ont des voix
Où mille accents, mille nuances,
Harmonisent leurs différences,
En chants doux et forts à la fois.

Pierres des cathédrales saintes,
De nos cités et de nos bourgs,
Pierres qui montent, dans nos tours,
Ou descendent, aux murs d'enceinte;

Pierres de nos chères maisons.
De la cime ou de la vallée,
Toutes celles de nos allées,
Toutes celles de l'horizon,

Toutes disent au ciel de France
Leur mélodieuse chanson,
Qui fait vibrer à l'unisson
Des chœurs divers en apparence.

Car chez nous toute pierre vit,
Comme les arbres et les plantes,
Et toutes ces pierres vivantes
Font le charme qui nous ravit.

Elles ont la beauté, la grâce
Que leur donne le sol français,
Le goût délicat, sans excès,
Qu'elles gardent, quoi qu'on en fasse.

Elles ont un cœur, elles ont
A notre contact, pris une âme.
Ceux qui les blessent, les infâmes,
Ne comprennent pas ce qu'ils font.

Elles ont des pleurs, des sourires,
Leur douceur, leur rayonnement ;
Et sous la haine des méchants,
Comme nous, hélas ! leurs martyres.

Mais elles ne périssent point ;
Il n'est jamais vrai qu'elles meurent.
De notre histoire elles demeurent
Les irrécusables témoins.

De leurs souffrances indicibles,
Elles racontent les horreurs,
Ayant eu cet auguste honneur,
D'être, comme nos cœurs, des cibles.

Elles ont « tenu » jusqu'au bout,
Victorieuses de la haine,
Comme la France souveraine...
Et leurs ruines dominent tout.

I

LE MARTYRE

PAYSAGE ANGEVIN

La ville et ses toits gris, enchâssés de verdure,
    En ce clair matin de Juillet,
Etincellent, baignés par la lumière pure
    A laquelle plus rien n'est laid.

Sur les hauteurs ondule, en vagues frémissantes,
    L'espoir des moissons de demain,
Et, festonnant le ciel de leurs ailes puissantes,
    Dans le vent tournent les moulins.

Tout près, sous le mur blanc frangé de clématites,
    Une source, discrètement,
Filtre, et descend la pente où les pavots s'agitent
    Au bord des vagues de froment.

L'air fluide, l'air léger, vibre sur les futaies ;
    Le clocher de St-Géréon,
Où le soleil rieur pique une note gaie,
    Se profile sur l'horizon....

Tout est paisible et doux, d'une fraîcheur limpide,
    Dans l'éclat du premier soleil.
Et je songe à la haine infernale et stupide
    Qui dévaste un cadre pareil !

Car ils leur ressemblaient, les champs et les collines
  Que les méchants ont profanés ;
Ces pays, imprégnés de la beauté divine,
  Qu'ils ont à la mort condamnés !

Ils rayonnaient aussi sous le ciel clair de France,
  Ces villages qu'ils ont détruits ;
Et leurs clochers faisaient le geste d'espérance
  Sur les vergers chargés de fruits.

Mais la haine a passé, comme un torrent déborde,
  Sur tant de paisible beauté,
Et ne laisse après elle et ses sauvages hordes,
  Que des ruines, de tous côtés.

Des châteaux fastueux aux plus humbles demeures,
  Ils ont tout pris, tout dépouillé...
Il faut qu'un toit s'effondre et qu'une forêt meure,
  Qu'un sanctuaire soit souillé....

Il faut que la nature elle-même périsse,
  Qu'il n'y reste rien de vivant ;
Que dans les champs martyrs ne croissent, ne mûrissent
  Que des tombes, sous l'âpre vent !

Mais un jour cesseront l'horreur et l'incendie ;
  Dieu sera vainqueur de l'enfer.
De cette terre sainte, en la douleur grandie,
  Il fera fleurir les déserts.

Les blés revêtiront tes plaines désolées
        De frissonnantes vagues d'or,
O France! dans ton deuil encore inconsolée...
Et ce sera le plus superbe mausolée
        Que puissent souhaiter nos morts!

Juillet 1918.

NANCY

Au Général P. Goetschy.

Cité que contruisit le vœu d'un roi artiste,
Qui de beauté, de grâce, eut toujours le souci,
Ville où rien n'était laid, banal, vulgaire ou triste,
Quel souvenir charmant tu m'as laissé, Nancy !

Le palais de tes ducs, aux doubles croix lorraines,
Le palais du Gouvernement, majestueux,
Les grilles Jean Damour, de grâce souveraine,
La place Stanislas, au cadre lumineux,

Tout respire le charme et la grâce... un orfèvre
Cisela ce bijou qu'est l'église Saint-Epvre,
Dont l'ogive sertit les éclatants vitraux.
Et j'ai vu, dans tes murs, venant de Malzéville,
Passer devant leur chef, énergique et tranquille,
Tes soldats, dont la guerre aura fait des héros.

LA MISSION

La France, mon pays, m'a dit : « Puisque tu vas
Vers les peuples heureux qui n'ont pas fait la guerre,
Tu seras mon témoin près d'eux... tu leur diras
Ce que nous avons fait. » — J'ai répondu : « Oui, Mère ! »

Et je m'en suis allée au pays que le mal
Ne fit qu'égratigner de ses griffes maudites.
Et, tout ce qu'on nous fit, dans le cycle infernal,
Les choses que j'ai vu souffrir, je les ai dites.

I

J'ai dit les longs convois arrivant dans la nuit,
Les brancards que l'on pose, avec le moins de bruit
Possible, dans la salle où les blessés sommeillent.
Les premiers pansements affreux... les tristes soirs
Où la fièvre revient avec le désespoir,
Les cauchemars hideux, effroi des nuits de veille.

Je n'ai pas oublié le sombre défilé
Des pauvres corps que les obus ont mutilés,
Des jeunes que l'horreur fit vieillards avant l'heure ;
Et cet autre cortège, aussi triste, souvent,
Des femmes en bonnet, et des vieilles mamans
Qui s'effarent de voir leurs gars blessés, et pleurent.

Et si je n'ai pas dit le douloureux appel
Des malheureux, atteints par des éclats mortels,
Et qui se raccrochaient à nous comme à leur mère,
C'est que, pour les avoir guidés jusques au seuil,
De ces pauvres enfants je porte encore le deuil,
Et que n'en puis parler sans peine trop amère.

Mais au sombre tableau tu mets une clarté,
Vertu si bien française, ardente charité
Qui, pour son camarade, anime le plus rude.
Oubliant, pour celui des autres, son tourment,
Que j'en ai vu souvent se lever, doucement,
Pour aider « le copain » avec sollicitude !

Lorsque je leur disais : « Ce seront des brancards,
« Cette nuit; qui veut, avec moi, prendre le quart,
« Pour m'aider à les installer? » — dix volontaires
S'offraient, où il n'en fallait qu'un... et de leur mieux,
Avaient, pour secourir les nouveaux, « pauvres vieux ! »
L'adresse et les précautions d'une infirmière !

Puis, lorsque l'arrivant était très « amoché, »
Sans qu'on en eût rien dit, même au plus rapproché,
La salle s'apaisait autour de sa souffrance.
Les fumeurs éteignaient leurs pipes... et la voix
Des joueurs, qu'animait la partie, autrefois,
Se taisait, pour ne pas troubler sa somnolence....

II

Mère, j'ai dit aussi l'activité bénie
    De tes fils, médecins, majors,
Qui dans leurs doigts tenant de précieuses vies,
    Les arrachèrent à la mort.

De jour, de nuit, penchés sur leur tâche infinie,
    Ne s'épargnant aucun effort,
Combattant sans répit leur farouche ennemie,
    Ils furent souvent les plus forts.

Lors, ayant achevé leur œuvre salutaire,
Ces hommes, qui venaient de « rescaper » un frère,
Se faisaient doux afin de calmer son souci.
Et, les voyant si bons, de si ferme science,
L'opéré reprenait courage et confiance,
Et s'endormait, paisible, en murmurant : merci !

EN PAYS DÉVASTÉ

J'ai passé par tes champs, ô France délivrée,
    Mon bien-aimé pays,
Dans tes champs ravagés par la meute enivrée
    Des reîtres ennemis.

Terre que nous aimons si fort, terre souillée
    Par la main des méchants,
Je me suis un instant, en pleurs, agenouillée
    Sur le bord de tes champs.

Car la mort a passé sur toi comme une trombe,
    En ouragan d'horreur...
Et je me sens ici sur le seuil d'une tombe
    Où se navre mon cœur.

Oh! comment ont-ils fait, même les plus barbares,
    Même les plus maudits,
Pour détruire à ce point, hectare après hectare,
    Mon beau, mon cher pays?

Ils ne t'ont rien laissé; sous l'affreuse morsure
    Des balles, des obus,
Le sol tout convulsé est mort de ses blessures...
    Rien n'y respire plus.

Plus d'arbres ni de toits... aux pentes ravinées,
    Pleines de trous béants,
Ne croissent même plus de pauvres graminées...
    C'est l'horreur du néant.

Par endroits, les méchants ont laissé leurs dépouilles,
    Tanks ou munitions,
Qui, sous le ciel vengeur, s'entassent et se rouillent,
    Reliques de démons.

Et c'est ainsi pendant d'interminables lieues,
    Des heures, des heures encor,
Un sinistre désert couvert des vapeurs bleues
    De la brume du Nord.

Ils ont tué ta grâce et douceur souveraines,
    Paysage si beau !
Les seuls êtres vivants que t'ait laissés leur haine
    Sont des vols de corbeaux !

Ces lugubres oiseaux sont leurs âmes, peut être,
    Que leurs crimes déments
Ramènent sur les lieux qui les virent commettre,
    En juste châtiment.

               Décembre 1918.

✠ ✠ ✠

CATHÉDRALE DE SAINT-QUENTIN

Par le porche, déjà de ronces envahi,
J'avais franchi ton seuil, ô sainte cathédrale,
Et mes regards ont vu le crime des vandales,
Par qui le Dieu d'amour fut derechef trahi !

Ses louanges montaient, jadis, sous tes ogives ;
Les siècles révolus y mêlaient leurs accents ;
Et de tes saints élus les images naïves
Veillaient autour de toi depuis plus de mille ans.

Mais Satan est venu. Sa rage exaspérée
Fit s'armer contre toi la meute des démons ;
Et ta pure splendeur, par ses soins repérée,
Devint un objectif au tir de ses canons.

Ils se sont acharnés sur toi, ces faiseurs d'ombres.
Tes voûtes, en tombant, ont tout pulvérisé.
La haute nef n'est plus qu'un monceau de décombres,
Sous les gouttes de sang de tes vitraux brisés.

L'orgue est encor debout, mais ses voix se sont tues.
La rosace du transept droit rayonne encor...
Sur les piliers massifs, les débris des statues,
On voit encor du rouge, avec des filets d'or....

Dans le chœur effondré, ce ne sont plus que ruines.
Seule, une Jeanne d'Arc, au fond, reste debout,
Image de la France éternelle, divine,
Dont l'infernal effort ne viendra pas à bout.

Elle te garde encor, bannière déployée,
En appelant à Dieu du tort que l'on t'a fait ;
Plus grande mille fois, sous la voûte broyée,
Que le mal triomphant et son lâche forfait.

Et rien n'a pu briser l'élan de tes colonnes ;
Elles tendent vers Dieu leurs chapiteaux meurtris.
Ta voûte est le ciel même, à présent.... Dieu te donne
Le même toit d'azur qu'eut son Fils, Jésus-Christ....

✤ ✤ ✤

Lors, tandis que des pleurs aveuglaient mes paupières,
Devant de si grands maux..., j'entendis une voix,
Puis d'autres, qui semblaient monter d'entre les pierres,
D'une énergique ardeur, et douces à la fois.

« Ne pleure pas ! longtemps, endormis sous les dalles,
« Bercés par la prière et les hymnes divins,
« Nous avons attendu le retour des Vandales,
« L'effort désespéré de leur chef, le Malin.

« Nous savions qu'il viendrait, le prince des ténèbres !
« Et l'excès de ses coups ne nous a pas surpris.
« Car c'est ici son heure, et son œuvre funèbre :
« Ce qu'ils n'ont pu voler, les méchants l'ont détruit.

« Mais il ne faut pleurer sur nous, quoique victimes...
« Pas plus que sur Jésus les filles de Sion...
« Pleure sur tant de mal, l'auteur de tant de crimes,
« Qui sema l'Univers de désolation.

« Pleure, mais comme Christ au tombeau de Lazare,
« Sachant qu'il a déjà triomphé de la mort.
« La victoire, jamais, ne demeure au barbare...
« Le dernier mot, toujours, est dit par le Dieu fort.

« Un jour viendra, un jour de gloire et de justice,
« Où les héros et les martyrs se lèveront.
« Dieu fera qu'en ce jour nos ruines resplendissent
D'une telle beauté, que nous les aimerons.

Alors, sous ces arceaux que l'amour transfigure,
S'élèveront enfin des hymnes radieux.
Nous aurons oublié que la lutte fut dure ;
Et, temple irradié dans la lumière pure,
Ces murs seront encor la demeure de Dieu !

SOIS FIDÈLE JUSQU'A LA MORT...

Parce que je ne puis me reprendre à la vie,
Ayant le cœur trop lourd et l'âme endolorie,
On m'a dit : « Se complaire en sa douleur, c'est mal.
« Déjà, l'on a fermé vos salles d'hôpital...
« La guerre est bien finie, et sa tristesse cède.
« Quittez ces visions dont l'horreur vous obsède ;
« Laissez-nous vous distraire, afin d'en guérir mieux.
« L'art, le bien, la beauté, rendent encore heureux... »
Et j'ai dit : « Essayez », sachant mon cœur fidèle.

Et c'est vrai qu'ils sont beaux, quand la neige étincelle,
Au soleil de Janvier, l'Amstel et ses oiseaux ;
Sur la glace, miroir aux multiples biseaux,
Les vols de goélands et de mouettes blanches
Tombent comme de grands flocons, en avalanches.
Et quand le soir descend, quand le pourpre horizon
Met de l'or dans le fleuve et du rose aux maisons,
C'est vrai que l'on croit voir, dans cette apothéose,
La paix du Créateur descendre sur les choses....

Mais j'ai les yeux remplis d'une autre vision :
Des trous et des fossés jusqu'au morne horizon,
Où le couchant n'est plus que lueurs d'incendie....
Des plaines, par le mal sans limite agrandies,

Où le regard se perd, et ne distingue plus
Que cratères béants et vagues tumulus.
Combien des nôtres dorment là, sombre ossuaire,
Dont la neige sera l'unique et doux suaire?
Les seuls êtres vivants qui reviennent les voir
Dans ce désert glacé, sont de grands oiseaux noirs.
Ce sont eux que je vois, et non plus les mouettes,
Planer lugubrement sur des ruines muettes....

Alors, c'est au concert qu'un soir on m'emmena.
Les artistes les plus réputés jouaient là,
Et ce furent des flots d'admirable harmonie.
Mais j'ai trop écouté des appels d'agonie,
Trop souvent vu mourir, trop entendu pleurer....
Ces chants mélodieux n'ont fait que m'effleurer,
Même lorsque leurs voix s'enflaient pour la tempête.
Comment eussent-ils dit la détresse secrète
Que j'éprouve à me voir écouter ces accords
Au milieu de la foule, et dans un tel décor?
J'ai dans l'oreille encor la voix sourde et mordante
Du canon... et c'est lui que j'entends dans l'andante.
La sirène d'alarme et le bombardement,
Dominent dans mon cœur la voix des instruments.
Et nul, même parmi les maîtres du génie,
Ne saurait exprimer la douleur infinie....

Devant de pareils deuils, devant de si grands maux,
Que pourrait l'harmonie et que peuvent les mots?
Ah! qu'ils se taisent donc!... en de telles souffrances,

Une seule attitude est digne : le silence.
« Mets ta main sur ta bouche et tais-toi », fut-il dit.
O ruines, que nous fit la guerre du Maudit,
Et vous, les morts tombés pour une cause juste,
De quel droit trouble-t-on votre silence auguste?
Le monde a beau clamer, afin de s'étourdir,
Que la vie a repris enfin, que les plaisirs,
Les fêtes, les distractions sont légitimes....
C'est bien tôt oublier que vous fûtes victimes,
Et qu'en l'obscure nuit, le vent froid et le deuil,
Plus rien d'heureux, jamais, ne franchira vos seuils,
Et ne vous rendra plus, pauvres foyers sans flamme,
De gais babils d'enfants, des sourires de femme.
On oublie... il paraît que l'on doit oublier;
Que les morts n'ont jamais le droit de nous lier
Au devoir solennel qui demanda leur vie....
Il se peut.... Mais sur la route qu'ils ont suivie,
Sur le chemin semé de ruine et de douleurs,
Nos cœurs n'écouteront d'autres voix que les leurs,
Et l'appel tout puissant qui fait que l'on s'élance,
Pour nous, comme pour eux, sera le tien, ô France!
Patrie, à notre tour, nous voici... que veux-tu?

L'orchestre et les avis bienveillants se sont tus.

✠ ✠ ✠

LES OISEAUX DU CIEL ONT DES NIDS,
ET LES RENARDS ONT DES TANIÈRES....

(Mathieu. VIII. 20.)

Les oiseaux du ciel ont des nids,
Et les renards ont des tanières....
Mais les enfants de mon pays,
De mon beau pays de lumière,

Comme autrefois le Fils de Dieu,
Errant à travers la Judée,
Las ! ne savent plus en quel lieu
Poser leur tête fatiguée.

Autrefois, ils avaient un nid,
Plein de bonheur, de simples joies....
Mais sur l'humble foyer béni
Sont venus les oiseaux de proie.

Ils l'ont férocement détruit
Ne lui laissant pierre sur pierre....
Puis sont partis faisant la nuit
Où régnait jadis la lumière.

Tous les renards ont des terriers....
Mais des bourgs, des hameaux sans nombre
Où passèrent ces preux guerriers,
Il ne reste plus que décombres.

Dans la neige et sous le grésil,
Errants dans ces immenses plaines,
Quel asile trouveront-ils,
Ceux que déposséda leur haine?

Ils reviennent aux lieux charmants
Où déjà les aïeux vécurent,
Sacrés par des regards d'enfants
Et par de chères sépultures....

Et la place de leur foyer
N'est qu'une ruine lamentable....
Ils regardent le cœur broyé,
Des désastres irréparables....

Les oiseaux du ciel ont des nids,
Mais ceux des hommes sont fragiles....
Le mal a fait d'eux des bannis,
Comme le Dieu de l'Evangile.

O vous que la guerre a laissés
Paisiblement, dans vos demeures,
Pensez à tous les toits blessés
Devant lesquels des âmes pleurent !

VOUS ÊTES TÉMOINS DE CES CHOSES...

(Luc XXVIV. 48.).

Nous allons fêter dans nos cœurs,
Comme dans une chambre haute,
La quatrième Pentecôte
De la guerre et de nos douleurs.

La voix de l'Esprit, que fit taire
Le grondement des canons lourds,
Nos âmes l'entendent toujours
Dans leur vigile solitaire.

Il dit : « En ce monde mauvais,
« Vous, soyez les témoins du Père.
« Dites : je sais en qui j'espère ;
« Je sais aussi vers qui je vais.

Où est ton Dieu ? nous dit l'impie,
Ou l'ignorant dans sa douleur.
« Allez vers eux et montrez leur
« Ce qu'est le Maître de la Vie. »

✠ ✠ ✠

Mon Dieu, de l'Univers sanglant,
Frémissant d'horreurs et de crimes,
Est près de toutes les victimes,
Comme un Père compatissant.

Mon Dieu, de ce monde, où le vice
Et les méchants sèment l'effroi,
N'a pas cessé d'être le Roi
De sainteté et de justice.

Il est toujours le Tout-Puissant.
Malheur à celui qui le brave!
Mais il ne cherche pas d'esclaves
Qui le servent en frémissant.

Ce qu'il veut et ce qu'il espère,
Malgré l'effort de l'ennemi,
Frères, ce sont des fils soumis
Et des serviteurs volontaires.

Pour la cause de l'orphelin,
Et la défense de la veuve,
Cherchant des cœurs à toute épreuve,
Il vous a vus sur le chemin.

Aujourd'hui même, il vous fait signe;
Tous, à son appel, répondez!
Déjà, les ceps sont émondés :
Voici le Maître de la vigne!

✣ ✣ ✣

« Où est ton Dieu? » m'avais-tu dit,
Pauvre âme qui lutte et qui souffre....
Il est là, sur le bord du gouffre
Où veut t'entraîner le Maudit.

Il est là, jusqu'en vos détresses,
O cœurs endeuillés et meurtris
Qui pleurez des trésors sans prix,
Et que la solitude oppresse.

Il est là... jamais ne s'endort
Sa paternelle vigilance.
Dans l'amertume et le silence,
Dans le repentir et l'effort,

Dans la douleur et la mort même,
Souffrant avec nous, Dieu est près....

Mon cœur, ces choses que tu sais,
Au vaste monde redis-les,
Pour qu'il trouve ton Dieu, et l'aime!

❖ ❖ ❖

NOEL 1918

Dans la plaine où les trous sont pleins de choses mortes,
Où vont ces voyageurs, sans guide et sans escorte,
    Dans la pluie et le vent?
Il paraît soucieux... elle n'a pas l'air forte....
    Et s'arrête, souvent.

Autour d'eux, ce ne sont que solitude et ruines.
Des troncs d'arbres sciés hérissent les collines....
Une combe ressemble au lit sec d'un torrent....
Et c'est dans un désert affreux que s'achemine
    Ce pauvre couple errant.

Ils cherchent un abri, car la nuit va descendre....
L'asile où leur fatigue enfin pourra s'étendre,
    Mais ils n'en trouvent point....
Ils ne voient que fermes sans toits, foyers en cendres,
    Des pans de mur, au loin.

Cependant, aux clartés d'une étoile soudaine,
Joseph a bien cru voir un gourbi, dans la plaine,
    Un gourbi camouflé....
Soutenant sa compagne épuisée, il l'entraîne
    Et l'atteint, essoufflé....

C'est un pauvre refuge, et la Vierge soupire.
Mais bientôt, éclairé par le premier sourire
        De Jésus tout-petit,
Il lui semble plus beau qu'un palais de porphyre
        Par Salomon bâti.

✠ ✠ ✠

Et voici que le chœur des anges chante : « Gloire
« Au Dieu qui sur le mal nous donna la victoire !
        « Hosanna au plus haut des cieux ! »
Une grande rumeur se lève en la nuit noire,
        Autour du gourbi lumineux.

Du fond de tous les trous, des boyaux, des tranchées
Et des sombres couloirs, sous les ruines penchées,
        Surgissent lentement
Des ombres, par milliers au sommeil arrachées
        Par ce chœur triomphant.

En uniformes bleus, tachés de sang, de terre,
Jeunes classes 18, chevronnés militaires,
        Aumôniers ou poilus,
Ils entourent, muets, la cagna solitaire,
        Où rayonne Jésus.

Et comme les bergers, naguère, et les rois mages,
Qui, chargés de présents, firent un long voyage
        Pour louer le Seigneur,
Ils lui portent, ce soir, en solennel hommage,
        Le don de tout leur cœur.

Ils n'ont point d'autres biens que leur longue souffrance,
L'absolu sacrifice, offert au sol de France
        Menacé par Satan,
Et leur mort, dans l'horreur, la nuit, et le silence
        Où Dieu seul nous entend.

Mais ce sont les présents que l'Enfant-Dieu préfère.
Lui qui vint parmi nous uniquement pour faire
        La volonté de Dieu,
Il aime les cœurs droits, obéissant au Père,
        Même au travers du feu.

De son regard profond, qui comprend et partage,
Il accueille les héros morts, sanglants otages
        De son règne du Droit,
Qui, ayant tout donné, ressemblent davantage
        A Christ, le Roi des rois.

Et ses divines mains ayant reçu l'offrande
De toutes ces douleurs que les ombres lui tendent,
        Il rend sa paix aux morts,
Et fait d'elles, afin que la France soit grande,
        De précieux trésors.

Et dans la nuit reprend le concert angélique :
« Gloire au plus haut des cieux au Père, au Fils Unique !
        « Et gloire, dit l'Esprit,
« A vous, soldats martyrs dont la lutte héroïque
        « A remporté le prix !

« Gloire à Dieu dans les cieux ! et que son règne arrive !
« Et vous, sacrifiés pour que le monde vive,
    « L'amour vous soulevant,
« Venez ! Dieu vous attend sur la céleste rive,
    « Morts, éternels Vivants ! »

✠ ✠ ✠

QUATRE TOMBES

Dans le champ où passe et repasse la charrue,
Le laboureur évite avec soin, chaque fois,
Quatre tombes, bordant la lisière du bois,
Que distinguent leurs croix parmi la terre nue.

On y lit d'humbles noms, trois boches, un français.
Côte à côte étendus, dormant le même somme,
Ce ne sont plus des adversaires, mais des hommes....
C'est vrai... mais il y a des choses que Dieu sait....

Il faut bien, cependant, faire la différence :
Ces trois qui dorment là sont venus en voleurs,
Semant partout l'effroi, la mort et la douleur....
Et le dernier n'a fait que défendre la France.

Le laboureur pensif ne s'y est pas mépris.
Chaque fois que le soc passe devant les tombes,
Sur celle du « copain » son regard ému, tombe,
Mais il n'effleure pas les tertres des « feld-gris. »

« Vous les haïssez bien, n'est-ce pas? » lui demande
Un fâcheux, à l'affût de forte impression,
Et qui s'attend sans doute à quelque explosion
Dramatique, au sujet de la brute allemande.

Grave et courtois, l'homme, un instant, s'est arrêté.
« Je les méprise trop, dit-il, c'est autre chose....
« Je les plains d'être morts pour une injuste cause,
« Et de n'avoir pas su servir la vérité.

« Mais nous n'avons jamais été de même engeance.
« Le redire, après cette guerre, est superflu....
« Je ne demande que justice, rien de plus....
« Et je laisse à Dieu seul le soin de la vengeance. »

Et, calme, ayant tout dit, il reprend son effort,
Pour qu'autour de la tombe où un français sommeille,
La terre qu'il sauva reverdisse, pareille
Au laurier triomphal qu'on offre aux héros morts.

✠ ✠ ✠

LE RETOUR

Donc, ils sont revenus au pays de leur père,
Dont les Boches, longtemps, avaient fait leur repaire,
Et que, depuis trois ans, ils n'avaient pas revu.
Bien longtemps avant d'arriver, le cœur ému,
Ils cherchaient du regard les traits du paysage,
Familier à leurs yeux comme l'est un visage
D'être cher, près duquel on a toujours vécu.
Mais ils ont beau chercher... ils n'ont rien reconnu.
Se peut-il qu'à ce point la terre entière change ?
Ce terrible chaos de pierres et de fange,
Creusé par les ravins, les cratères, les trous,
C'est là ce qu'ils ont fait des terres de chez nous ?

Là, c'était la colline où le blé mûr frissonne,
Les prés où les faucheurs s'arrêtaient lorsque sonne
L'angélus... la forêt où naissait le printemps....
Et, tout près, la chaumière où l'aïeul hésitant
Venait encore s'asseoir, au seuil verdi de mousse,
Pour regarder ses champs et voir « comme ça pousse ! »
C'est là que fleurissait leur paisible bonheur....
Mais il n'y a plus rien... « ordre de l'empereur :
« Il faut que soient détruits tout hameau, tout village ;
« Que nul arbre, nul toit, ne reste en vos sillages....

« Que tout meure et que tout s'effondre devant vous!
« Ne laissez aux Français que des ruines, des trous....
« Brûlez, pillez, tuez! honte à celui qui n'ose! »
Et l'on doit avouer qu'ils ont bien fait les choses.

Les voici revenus, pauvres rapatriés!
Leur seuil, qui s'écroula sous les pas meurtriers,
Leur sembla difficile, hélas! à reconnaître.
C'est bien ici... la poutre a crevé la fenêtre....
Il n'y a plus de toit, de caves, de planchers.
Ce qui reste du mur du fond est si penché
Qu'il croulera sans doute aux premières rafales....
Ils regardent « cela », qui fut leur home, pâles,
Sans dire un mot, étreints d'une angoisse sans nom.
Car tout cela n'est pas l'ouvrage des canons,
Qui détruisent sans voir, et sans le vouloir, presque....
C'est fait soigneusement par la brute tudesque,
A la main, et foyer après foyer, exprès,
Pour qu'il n'en restât rien qui pût revivre, après....
Et tant de haine rend leur douleur plus amère.

On leur avait bien dit que c'était ça, leur guerre;
Mais ils n'auraient pas cru que l'on pût être vil
Et méchant, à ce point; à peine y croyaient-ils,
Devant la preuve, cependant flagrante, de ces crimes....
Et le vertige prend au bord de tels abîmes.

Ils sont restés longtemps écrasés sous le poids
De tant de maux, de tant d'horreurs, de tant de croix,

Celle de leur voisin comme la leur, pareille....
Comme ils étaient heureux ! n'était-ce pas la veille ?
Ces quatre ans de soucis, soudain, sont effacés.
Ils revoient la douceur joyeuse du passé,
Dans ce cadre autrefois charmant, plein d'attirance,
Et se brisent le cœur à compter leurs souffrances.

Mais il dit doucement : « Ne restons pas ici.
« Ces pauvres murs béants de nous n'ont plus souci....
« Ils sont morts ; et portent encor la trace infâme
« Des bourreaux... mais c'est nous qui leur donnions
« Nul ennemi, jamais, ne pourra la ternir.... [une âme.
« Partons ! » ... et sans même chercher un souvenir
Dans ces ruines, de peur que leur cœur ne défaille,
Ils s'en vont, à travers la mortelle grisaille
Des pays dévastés... sans bornes, infinis....
Où même les oiseaux ne trouvent plus leurs nids.

✠ ✠ ✠

OBSESSION

Je n'ai plus de regards pour la nature calme,
    Indifférente à nos douleurs,
Qui peut encor pencher ses branches et ses palmes
    Sur des tapis aux cent couleurs.

Je n'aime plus les cieux de lumière éclatante,
    Qu'autrefois mon œil admirait....
Les bois pleins de chansons n'ont plus rien qui me tente,
    Même quand l'Avril y renait.

Je ne voudrais plus voir les toits des clairs villages,
    Les fermes blanches dans les champs,
Ni les canaux, où dans la clarté des sillages,
    Mousse la pourpre du couchant.

Ce que j'ai contemplé les voile et les efface....
    Et jusqu'à l'horizon lointain,
Mes regards obsédés, ne voient plus à leur place,
    Que Péronne ou que Saint-Quentin.

Elle n'a pour couleur, la terre délivrée,
    Que ce lugubre brun rouillé ;
Et le froid et le vent l'ont par endroits givrée,
    Au fond des ravins dépouillés.

Elle n'a plus de toits, de taillis, ni de branches....
    Parfois, un pan de mur debout....
Un monceau de débris, un nom sur une planche :
    Guiscard... ou Ribécourt... c'est tout.

Il ne monte plus rien de cette terre nue,
    Que des troncs sciés ou fendus....
Il semble que la fin du monde soit venue,
    Sous les fils de fer détendus.

« S'il faut rendre ce sol, du moins il sera chauve, »
    A dit l'empereur allemand....
Et comme l'herbe meurt sur les traces d'un fauve,
    Elle est morte sous ce dément.

Je n'aime plus les paysages trop paisibles,
    Qui n'ont ni souffert, ni saigné...
Mon amour est à ces lieux saints, déserts, horribles,
    Dont mes yeux restent imprégnés.

❖ ❖ ❖

LE PÉLERINAGE

Elle vient de très loin, sous son voile de veuve,
La malheureuse femme à qui l'on dit : « c'est là! »
Elle a, dans le trajet, « réalisé » l'épreuve....
Mais elle n'eût jamais imaginé cela.

Ce qu'elle avait rêvé, durant ses nuits d'alarmes,
En songeant aux horreurs de là-bas, longuement,
Ce qu'elle avait cru voir, au travers de ses larmes,
Hélas! c'était déjà bien affreux, cependant!

Trouver, après l'effort auquel presqu'on succombe,
Au bout du long chemin au désespoir mortel,
De tout ce qu'on aimait, une croix, une tombe,
Il semble que ce soit suffisamment cruel....

Elle s'est préparée, en route, à ce martyre,
Priant, pour que son cœur brisé soit soutenu....
Elle arrive... mon Dieu! ceci est cent fois pire,
Et même sa douleur ne l'avait pas prévu.

On lui a dit : « c'est là... » dans ce chaos informe,
Cet enchevêtrement de cratères, de trous,
De ruines, de débris, c'est là, dit-on, qu'ils dorment,
Ceux qui se sont battus et qui sont morts pour nous?

Rien n'arrête les yeux dans cette plaine immense,
Houle d'un océan dans son courroux figé.
Au bord d'un entonnoir, un autre recommence....
Où donc l'aura-t-on mis, pauvre cœur affligé?

Il est perdu dans ce chaos, comme un cadavre,
Que l'on confie, à bord, aux plus profonds remous....
Dans ce désert affreux où son âme se navre,
Elle ne sait pas même où ployer les genoux....

Mais tandis qu'elle pleure, en sa douleur extrême,
Elle entend une voix qui monte du talus,
Cette céleste voix qui parle à ceux qu'on aime,
Quand celles d'ici bas ne leur parviennent plus.

« Pauvre âme! cette terre où ta douleur s'arrête,
« N'a gardé que la chair et le sang de l'absent....
« Il les avait offerts... afin que cette crête
« Fût française à jamais, baptisée en son sang.

« Mais son âme et son cœur, qui se sacrifièrent
« Comme moi, leur Sauveur, pour le règne de Dieu,
« Cet esprit, cet amour, dont tu étais si fière,
« Eux ne sont pas tombés sur la ligne de feu.

« Ne le cherche donc pas dans les ravins sans nombre
« De ce sol torturé, qui recouvrit son corps...
« A ma voix souveraine il a quitté leur ombre...
« Tu cherches un Vivant, pauvre âme, chez les morts!

« Va, ne te meurtris plus aux visions affreuses....
« Ne laisse pas sombrer tes regards dans la nuit.
« L'Absent avait fini l'étape douloureuse....
« Encore un peu de temps, tu seras près de lui.

Va ! pour suivre sans peur ta route solitaire,
Regarde à l'horizon, par l'apôtre entrevu,
Où Dieu prépare aux siens une nouvelle terre
    Que la mort ne touchera plus.

LE MONASTÈRE

(Abbaye de Chimay).
Au commandant L. M.

Les cloches ont chanté, sur le vieux monastère,
Leur appel matinal, dans l'air cristallisé ;
L'aurore pourpre met, aux vitraux irisés,
Ces clartés qui, déjà, ne sont plus de la terre.

Silencieux, drapés dans les rudes frocs bruns,
Les moines sont entrés dans leurs stalles de chêne ;
Et la puissante voix des orgues se déchaîne
Sous la voûte sacrée où montent les parfums.

Mais dans le chœur, mêlant à la sévère bure
Son uniforme clair, un soldat est debout :
Un officier... de ceux qui tinrent jusqu'au bout,
Livrant le bon combat dont parle l'Ecriture.

Comme ses hôtes saints, il a beaucoup souffert,
Luttant, sans nul répit, contre le mal immonde,
Ayant donné, comme eux, pour le salut du monde,
Ses forces, son esprit, son bonheur et sa chair.

Et maintenant, le Te Deum, aux hautes voûtes
S'élève et s'élargit en sublimes accents.
Moines et combattant chantent le Tout Puissant,
Qui les guida le long des périlleuses routes.

De l'ennemi commun il les rendit vainqueurs.
Et le « cela va bien, » qu'à ses bons serviteurs
Dieu dit, lorsque finit la tâche journalière,
Ils l'entendent, redit par le céleste Chef,
Tandis que l'Hosanna retentit sous la nef,
Sur tous les fronts courbés dans la même prière.

VOUS SEREZ HEUREUX...

(Matt. V. 11.)

Je plains ceux qui n'ont pas subi la grande épreuve,
Et qui ne peuvent pas dire au fond de léur cœur
Que la source de vie où leur âme s'abreuve
     Les a rendus vainqueurs.

Ceux que n'a pas atteints la tempête démente,
Et qui n'ont pas senti, sous l'effroyable choc,
Que leur foyer restait debout dans la tourmente,
     Parce que bâti sur le roc.

Ceux qui n'ont pas vidé jusqu'au bout le calice,
Ni discerné qu'au fond de leur affreuse nuit,
Ainsi qu'il fit au soir du divin sacrifice,
     Un ange leur prêtait appui.

Je les plains; ils n'ont pas, dans l'extrême détresse,
Et devant la douleur, le mal, sans cesse accrus,
Eu ce cri triomphant jeté par la faiblesse :
     « Je sais en qui j'ai cru! »

A l'heure où tout, autour de nous, meurt et s'effondre,
Quand, dans l'excès du mal, notre âme t'appela,
O Père! nous t'avons entendu nous répondre :
     « Ne crains point! je suis toujours là! »

4

Et maintenant, le flot épuisa sa colère....
Satan a vainement fait un suprême effort.
Encore un coup vaincu, l'ennemi séculaire
    S'est enfui devant le Dieu fort.

Sur l'abîme béant, ton amour fit un geste,
Père! et tu nous sauvas des méchants furieux...
Nous avons tout perdu... mais ta grâce nous reste,
    Et nous sommes plus riches qu'eux!

Béni, béni sois-tu, refuge de nos âmes,   [vâmes,
Toi qu'en nos plus grands maux toujours nous retrou-
Inépuisablement miséricordieux!
Car selon ta parole, ô Christ! sur la colline,
En toi, malgré la mort, la souffrance et les ruines,
    Nous sommes déjà bienheureux.

A MENTON

J'en veux presque à la mer de pouvoir être bleue
A ce point, aux sommets d'être si beaux, si verts,
Quand je pense à l'état de tant et tant de lieues
    De nos pays du nord, déserts !

Comment tant de couleurs, si vives, peuvent-elles
Etinceler, comme des gemmes de grand prix,
Quand tout, là-bas, rempli de tristesse mortelle,
    Est vêtu de livide gris ?

Et comment tant de fleurs, merveilleuse avalanche,
Ont elles pu s'ouvrir parmi les frondaisons,
Alors que dans le Nord, les pierres et les planches
    N'ont pas même un peu de gazon ?

Ah ! je voudrais pouvoir vous envoyer, glycines,
Lilas, géraniums, roses et mimosas,
Parer de votre grâce un peu de tant de ruines,
    Un peu du désert de là-bas !

Je voudrais pouvoir envoyer toutes les palmes,
Qui encadrent ici les toits insouciants...
La beauté qui console et la douceur qui calme,
    Et ce grand soleil souriant....

Il n'y a plus, là-bas, ni forêts, ni verdure,
Ni taillis d'aubépine au bord des chemins creux ;
Ce sol que les méchants ont mis à la torture,
        N'a plus que des ravins pierreux.

Il n'y a plus de toits, de maisons familières,
Où le soleil rieur venait baiser le seuil,
Ni roses emmêlant leurs pétales au lierre,
        Sur les portes, en doux accueil.

Il n'y a plus de joie aux terres labourées,
Plus de fruits aux vergers, plus d'espoirs de moissons,
D'église à l'ombre fraîche, et de tour ajourée...
        Plus de cloches ni de chansons....

Il n'y a plus, là-bas, que misère et souffrance,
Que ruines et douleurs où l'Avril ne peut rien ;
C'est tout ce qu'ont laissé à la terre de France
        Satan et ses féaux germains.

Et ce tableau poursuit mes regards et m'obsède.
Le cadre qui m'entoure en est tout obscurci...
Que ne puis-je, enchanteur devant lequel tout cède,
        Envoyer le soleil d'ici !

Il mettrait un rayon au pan du mur qui tombe,
Une lumière d'aube aux sillons dévastés ;
Et baignant de clartés chacune de nos tombes,
        Leur parlerait d'éternité....

Il mettrait l'étincelle au foyer plein de cendres,
Et la fleur éclorait, entre deux gouffres noirs...
Et, s'il pouvait aussi dans les âmes descendre,
	Il y ferait germer l'espoir....

O Dieu, qui mis au sol de France tant de charmes,
Une telle douceur en son ciel, et qui vois
Son immense pitié, compatis à nos larmes,
	Sauve nous encore une fois !

Qu'à ton soleil de feu la terre ressuscite ;
Qu'à ton divin appel les cœurs battent plus fort...
Et qu'éveillé par toi, vers Demain qui l'invite,
Ce pays, au sortir de la guerre maudite,
	Recommence son noble effort !

II

LA RÉSURRECTION

HYMNE DE NOEL 1918

Noël! voici Noël! depuis plus de quatre ans,
Pour la première fois, montez, joyeux cantiques!
Chantez du Tout-Puissant les œuvres magnifiques,
    En accents pénétrants.

Ils sont finis, les jours d'horreur, les jours d'alarmes,
Les nuits où, sur le front, la mitraille tapait!
Soldats de la Justice, allez rendre les armes
    Au Prince de la paix!

Après l'humble berger et le mage splendide,
Venez, vous qui avez souffert pour le bon droit!
Vous n'arriverez pas au Seigneur les mains vides :
    Vous avez votre croix!

Aveugles ou boiteux, couturés de blessures,
Martyrs, héros obscurs que la foule ignora,
Venez à cet enfant offrir vos meurtrissures :
    Il vous connaît déjà!

Il sait que vous avez subi l'âpre tourmente,
Combattu jusqu'au bout l'infernal ennemi...
Et le plus tendre accueil de son âme clémente
    Est pour vous, aujourd'hui.

Après vous, nous irons lui présenter l'offrande
De nos cœurs déchirés par les rudes devoirs,
Mais qui n'ont pas perdu, dans l'angoisse si grande,
    L'indéfectible espoir.

Nous n'apportons au roi que des âmes brisées,
Des larmes et des deuils, de la douleur, à flots ;
Mais il sait ranimer les forces épuisées,
    Du fond de son berceau.

Nous lui dirons : « Seigneur, qui vins après l'orage,
Nous annoncer le jour de la paix, tu nous vois
A genoux devant toi ; donne nous le courage
    De reprendre la croix !

« Affermis notre cœur que froissa la tempête,
Redresse nos chemins par le mal dévastés...
Qu'ici-bas désormais ta volonté soit faite
    Par notre volonté !

« Le mal a tout détruit... l'univers recommence,
Prends-nous pour serviteurs dans ce monde nouveau !
Pour que la douloureuse et sanglante semence,
    Donne un épi plus beau !

« Comme l'amour de Dieu vers tes frères t'envoie,
Afin de leur porter le salut précieux,
Fais que nous soyons tous messagers de ta joie
    Auprès des malheureux.

« De ta pure clarté que notre âme s'imprègne !
De ton amour divin que nos cœurs soient brûlants !
Pour que nous devenions ouvriers de ton règne,
    Actifs et vigilants.

« Lors, nous repartirons pour la tache sacrée,
Prêts, ayant tout reçu, Seigneur, à tout donner,
Dans la suprême paix de l'âme consacrée
    Au Fils qui nous est né ! »

« CEUX QUI LE TOUCHÈRENT FURENT GUÉRIS... »

(Math. XIV. 36.)

Seigneur, quand sur les bords du lac de Tibériade,
La foule, s'amassant, t'apporte ses malades,
Aux malheureux, qui sans ton aide auraient péri,
Ton amour, ta pitié, jamais ne se dérobent :
Ceux qui peuvent toucher à l'ourlet de ta robe
    S'en retournent guéris....

Comme eux jadis, Seigneur, la foule encor t'entoure,
Pour que tu la guérisse et que tu la secoure ;
Malades, épuisés, nous venons tous à toi.
Pour que te voient nos yeux, que notre esprit t'entende,
O Maitre, nous t'ouvrons notre âme toute grande :
    Augmente nous la foi !

Tu nous as dit : « La seule chose nécessaire,
« C'est chercher avant tout le règne de mon Père ;
« La vie et son effort ne valent qu'à ce prix.
« Dieu veut que dans vos cœurs son royaume se fonde,
« Pour qu'ils aillent répandre ensuite dans le monde
    « Ce qu'ils auront appris. »

Et nous sommes partis vers ce but grandiose.
Mais nous sommes, hélas! Seigneur, si peu de chose!
De très humbles devoirs nous prennent tout entiers.
A peine, pour bâtir la Maison de lumière,
Les meilleurs d'entre nous portent-ils une pierre
      A tes divins chantiers.

Et nous, qui si souvent manquons à notre tâche,
Nous, que le faix d'un jour trouve faibles et lâches,
Comment pourrions nous servir à tes desseins?
Pour l'avoir essayé, nous brisâmes nos ailes...
Mais nous voulons guérir... ranime notre zèle,
      Rends nous forts! rends nous sains!

Car en toi seul, Jésus, la parfaite harmonie
A su faire tenir dans une étroite vie
Le Royaume de Dieu, que tu nous vins offrir.
Pauvre, obscur, méconnu, dans tes courses errantes,
Tu n'étais entouré que d'âmes ignorantes;
      Mais tu sus les pétrir.

Tu leur fis voir le Père en chaque créature,
Discerner le divin caché dans leur nature,
Et l'Eternel rayon qui passe en chacun d'eux.
Tu leur montras qu'un acte, une parole, un geste,
Si l'amour les dicta, peuvent être célestes
      Pour des cœurs malheureux.

Toi qui d'humbles pêcheurs, sus faire des apôtres,
En mettant ton Esprit dans leurs cœurs, prends les
Seigneur! et remplis-les de l'amour infini.   ⌊nôtres
Lors, quoi que nous fassions, désormais, par ta grâce
C'est toi qui le feras, pour nous, à notre place,
        Et ce sera béni!

O Christ! nous te voyons, comme la multitude,
Debout sur nos chemins, et si la lutte est rude,
L'adversaire puissant, nos forces en défaut,
Chaque jour, à tes pieds, nous viendrons en reprendre,
Sachant que de toi seul notre âme doit attendre
        Tout le secours d'en Haut.

Rien ne nous paraîtra, désormais, impossible.
Fortifiés par toi, nous serons invincibles,
Pour le grand sacrifice, ou le devoir d'un jour....
N'estimant rien petit, puisque tu nous l'ordonnes;
Nous donnant tout entiers, comme aussi tu te donnes,
        A ton œuvre d'amour.

✠ ✠ ✠

RETOUR

Je t'ai retrouvée, ô terre de France,
De tant de beauté, de tant de douceur,
Dont, depuis trois mois, l'extrême souffrance
Pas un seul instant n'a quitté mon cœur.

J'avais emporté, vision dernière,
L'image sacrée, affreuse pourtant,
Du sol dévasté, du désert de pierres
Où tout a péri des mains de Satan.

Je revois, ce soir, tes plaines fécondes,
Où l'obus tombait à coups redoublés...
Déjà la charrue y creuse, profonde,
La trace où bientôt germeront les blés.

Et parmi les trous des récentes bombes,
Entre la tranchée et les fils de fer,
Des mains du semeur le grain nouveau tombe
Au sol oublieux des tourments soufferts.

O geste de paix, toi qui recommences,
Sur hier détruit jetant l'avenir,
Pour ta courageuse et sainte semence,
L'Univers entier devrait te bénir.

Tu es bien toujours, France ! la semeuse
D'invincible foi en demain meilleur,
Celle qui jamais n'est trop malheureuse
Pour porter secours aux pires douleurs.

Celle qui, blessée, en deuil, dévastée,
Au sortir du feu de l'enfer germain,
En dépit du mal, debout est restée,
Et, dans le désert, sème pour demain !

Je t'ai retrouvée, ô France sacrée,
Pays de vaillance et de charité,
Pantelante encor, déjà redressée
Pour guider plus loin notre humanité.

Et du fond du cœur, dans mon âme, émue
De t'avoir tant vu saigner et souffrir,
Je t'admire, ô Mère, et je te salue,
Toi sans qui le droit n'eut eu qu'à mourir.

Avril 1919.

✠ ✠ ✠

PAQUES 1919

Sur les champs de bataille où la guerre a sévi,
Où rien, depuis ce temps, ne respire et ne vit,
L'avril, en revenant, n'a rien pu faire éclore.
L'air, des éclatements, semble frémir encore....
Les cratères, ouverts dans le sol, sont béants,
Et l'on n'y trouve plus que détresse et néant....
Le renouveau, pour toi, n'est plus qu'une ironie,
O terre, morte, après une affreuse agonie
Terre sublime et douce où la grâce a péri !

Mais le désert affreux, soudain, a refleuri,
Miraculeusement, un matin de Dimanche.
Jésus, tel que l'a vu Saint Jean, en robe blanche,
Les yeux resplendissants d'aube et d'éternité,
Vient de le traverser, divin Ressuscité.
Où l'œil ne voit que trous et ruines qui surplombent,
Son regard souverain a deviné des tombes.
Il passe... et d'un appel irrésistible et doux,
Il prononce, en passant auprès de chaque trou,
Les mille et mille noms que porte la victoire.
Ils s'étaient endormis dans l'horreur, la nuit noire,
Dans les fracas d'obus, la souffrance et les cris....

Ce matin, à la voix du Seigneur Jésus-Christ,
Ils s'éveillent : leurs yeux de lumière s'imprègnent.

« Quoi donc! serait-ce enfin l'aurore de ton règne?
« O Sauveur! est-ce enfin le jour de ton salut? »
Et Jésus, de la main, touche chaque poilu.
« Viens, mon fils, qui m'as fait l'ultime sacrifice.
« Comme je suis vivant, renais pour la justice.
« Tu vivras de ma vie, étant mort de ma mort. »

Et dans le grand soleil de Pâques, nimbés d'or,
Humbles et rayonnants, en légions immenses,
Autour du Christ, les morts montent du sol de France.
Le Rédempteur n'oublie aucun de ses élus.
Sur tout le vaste front, sous les pas de Jésus,
L'héroïque moisson lève, déjà mûrie.
Reconnais-tu les lieux dévastés, ô Patrie?
Ces splendides épis ont crû dans leurs ravins,
Où le mal avait cru semer la mort, en vain.
Tes fils ressuscités au Maître font escorte;
Et la terre martyre, et que l'on croyait morte,
Voit surgir, à jamais glorieux et vivants,
La foule des héros, dans le soleil levant.

✤ ✤ ✤

LES CLOCHES

Les cloches de France, aimantes, légères,
Lancent dans l'air pur leurs gais carillons,
Versant sur les toits des flots de prières,
Et des chants d'espoir au creux des sillons.

Du haut du clocher, leur claire demeure,
Elles voient la plaine et les coteaux blonds ;
Et pour louer Dieu, lorsque sonne l'heure,
L'une a l'antienne, l'autre les répons.

Les cloches de France aiment leur village ;
Elles ont bercé toutes ses douleurs,
Célébré sa joie, aidé son courage,
Béni ses enfants et ses travailleurs....

Mais un jour de deuil, d'angoisse et d'alarmes,
Un voisin félon, soudain, est venu...
Elles ont crié : aux armes ! aux armes !
Et depuis ce temps, leur bronze s'est tu.

Muettes d'horreur, elles voient les hordes,
Détruire et brûler les paisibles bourgs....
Puis, un jour fatal, on coupe leur corde :
On veut leur métal pour des canons lourds....

✢ ✢ ✢

Les cloches de France, hélas! prisonnières,
Ont pendant quatre ans subi leur exil....
Sans voix, sans recours, et cependant fières,
Vibrantes toujours d'un espoir subtil.

Quand tous les clochers du barbare empire
Chantaient lourdement un nouveau succès,
Elles frémissaient ensemble, pour dire :
« Quand sonnerons-nous l'hosanna français ? »

Et pendant quatre ans, les cloches légères,
Douloureusement, ont vibré d'un vœu
Que n'entendait point la terre étrangère,
Mais dont la ferveur monta jusqu'à Dieu.

✣ ✣ ✣

Et voilà qu'un jour, sur la plaine immense,
Delà monts et mers, dans les cœurs battants,
La victoire chante aux clochers de France,
Si haut et si fort que chacun l'entend.

Un frisson nouveau dans le bronze vibre :
Un cri de triomphe ouvre leur prison :
Comme l'Univers, cloches, soyez libres !
Prenez votre vol devers l'horizon !

Et dans les rayons de la grande aurore,
Voici que vraiment, prenant leur essor,

Vers Rome s'en vont les cloches sonores,
Comme il est d'usage aux « Légendes d'or.... »

Mais quand elle a fait son pélerinage,
Dès le samedi, de très grand matin,
Chacune repart devers son village,
En tintant de joie au long du chemin.

« Où vas-tu, ma sœur? » — « Jusqu'à Valenciennes. »
« Et toi? » — « Vers Noyon. » — « Toi? » — « A Ribé-
Humble ou grande tour, chacune a la sienne, [court ».
Et rejoint le nid des clochers à jour.

Oh! l'exquis bonheur de rentrer en France!
De revoir enfin le ciel de chez nous!
Leur vol même éprouve une différence :
Il est plus léger, plus aisé, plus doux!

Et voici qu'enfin le but se rapproche!
Encore un effort, et les y voilà!...
Mais un grand effroi s'empare des cloches :
Ce désert, ces trous... qu'est-ce que cela?

Où le fier clocher dardait une flèche
D'or étincelant au soleil rieur,
Un peu de platras mêle aux cendres sèches,
Des vitraux brisés, miettes de couleur....

Quelques pans de mur font tout le village...
Des champs ravagés sont tout l'horizon...
Comment, même aux jours de moindre courage,
Se représenter cette trahison ?

Elles apportaient, message de Pâques,
Leur chant et leur cœur au foyer détruit...
Et se préparaient à répéter, chaque,
Dans le ciel heureux : « Louez Jésus-Christ ! »

Las, dans ce désert, comment se suspendre ?
Et qui entendrait leur hymne béni ?
Mais, alors que tout leur semblait fini...
D'invisibles doigts sont venu les prendre :
Et Pâques, soudain, sonne en l'Infini !

✠ ✠ ✠

Ah ! sonnez bien haut, merveilleuses cloches !
Pour qu'à votre chant s'apaisent nos deuils !
Réveillez le cœur sans peur, sans reproche,
Qui, pour reposer, n'eut point de cercueil !

Chantez fort, chantez, cloches angéliques ;
Que la terre entende... et que chaque trou
Ecoute en vos voix l'ordre magnifique :
« Voici le Vivant ! debout, morts, debout ! »

Ne cessez jamais de vibrer... l'espace
Soit tout pénétré d'un espoir nouveau.

Pour le Rédempteur qui parmi nous passe,
Ouvrez tous les cœurs et tous les tombeaux.

Et qu'à votre appel, sans que plus n'hésite
Un seul indécis... d'un même ardent vœu,
Le pays entier vraiment ressuscite
    Pour l'œuvre de Dieu !

Pâques 1919.

« LE CHEMIN ÉTROIT MÈNE A LA VIE.... »

(Matt. VII. 14.)

Sur le chemin étroit longeant le précipice,
L'ombre des grands palmiers ne touche pas le sol.
Aucun oiseau léger ne l'égaye d'un vol...
Ne pourrais-tu choisir un sentier plus propice,
Passant? tes pieds sont las même avant ton départ.
Crains de tomber, ce soir, dans le profond abîme!
Retourne sur tes pas tant qu'il n'est pas trop tard!

— Ce chemin est le seul qui mène vers la cime.

Voyageur, le sentier abrupt et difficile
Est semé de rochers, de pierres et de trous...
Tes pas sont incertains, ton bâton est fragile...
Tu meurtriras tes mains, ton front et tes genoux...
La nuit t'égarera le long de cette rampe ;
Choisis une autre route, au grand soleil, demain....

— Mon guide, ô Tentateur, connaît bien le chemin ;
Ce sentier est le seul où brillera sa lampe.

Pauvre âme, tu t'en vas vers un triste horizon.
Ta route, chaque jour, deviendra plus sévère.
Sais-tu que ce sentier aboutit au Calvaire,

Et qu'après une croix, t'attend une prison :
La tombe... et son horreur, la mort, et son silence ?
C'est où te mènera le sentier que tu pris.

— Retire-toi, Satan ! je sais vers quoi s'élance
Ma foi, sur ce chemin, car c'est celui de Christ.
Je n'en veux point savoir d'autre, sur cette terre...
J'ai choisi... rien, jamais, ne m'en fera changer.
J'ai la main du Sauveur aux heures de danger,
Sa voix consolatrice, aux heures solitaires..
Quand il faudra monter sur la croix, son regard
Délivrera mon cœur des ténèbres dernières...
Et lorsque sur mon front l'on roulera la pierre,
Mon âme chantera d'allégresse au départ.

Car ce chemin pierreux, étroit, mène à la Vie.
La route de mon Dieu, où son amour conduit,
Peut être douloureuse, escarpée, aujourd'hui...
Pour tous ceux qui l'auront fidèlement suivie,
Elle aboutit demain à l'éternel Parvis.

Marche, marche, mon cœur, sur le chemin céleste.
Si tout te manque, un jour, ton Rédempteur te reste,
Et tu revivras, puisqu'il vit.

✠ ✠ ✠

DE PROFUNDIS, CLAMAVI....

Un palais, qu'à ses pieds baigne la mer profonde,
D'admirables jardins, presque trop bien soignés,
Du luxe, des bijoux, des toilettes... un monde
Dont, sans doute, le cœur n'a jamais dû saigner....

Et dans ce chaud décor, dans ces murs magnifiques,
Aveugles et muets, des esclaves du jeu,
Suivant, hypnotisés, le rateau fatidique
Qui n'épargne personne et ruine, peu à peu....

Voilà ce que l'on voit après cinq ans de guerre,
Cinq ans de lutte atroce et d'affreuses douleurs....
Ce tableau m'attristait et m'indignait naguère,
Mais le voir à présent, mon Dieu ! me fait horreur.

Ils ne savent donc pas, tous ceux qui font la roue
Dans ce cadre charmant, ce que l'on a souffert,
Dans le froid, dans la nuit, dans l'eau et dans la boue,
Sous l'incessant péril d'une averse de fer ?

Ils ne pensent donc plus, ces viveurs et ces femmes,
Aux foyers qu'ont détruits la mitraille et le feu ?
Aux enfants, que tua la soldatesque infâme,
A tous les exilés, errants de lieu en lieu ?

Ils ne savent, non plus, ce qui fit la victoire,
Ni ce qu'elle a coûté de larmes et de sang?
« La guerre, n'est-ce pas, est déjà de l'histoire....
« C'est même d'un passé qui n'est plus tout récent.... »

Quand ils ont dit cela, n'ayant, dans la tourmente,
Rien appris, rien souffert, ils passent, souriants,
Sans comprendre pourquoi tant d'autres se lamentent
Puisque tout, désormais, redevient « comme avant. »

O Patrie! un instant, j'ai voulu leur répondre,
Flétrir cet égoïsme ignorant, odieux....
Mais j'ai senti soudain ma colère se fondre;
J'ai compris qu'il faut plaindre, hélas! ces malheureux.

Ils ne possèdent rien de ce qui fait nos vies,
Et leurs cœurs sont fermés à tout bonheur profond.
Sur la route, avec Toi par nos âmes suivie,
Ils marchent sans espoir, sans savoir ce qu'ils font.

Ils ne connaissent pas ta joie, ô sacrifice!
Le suprême bonheur qui est de tout donner...
Ils n'ont pas de patrie, et leur Dieu est leur vice...
Il faut les plaindre... et s'il se peut, leur pardonner.

Puisqu'ils n'ont écouté ni la voix de la guerre,
Ni l'appel du pays au grand cœur douloureux,
Toi même, parle leur, pour que leur nuit s'éclaire,
Et que des profondeurs montent vers ta lumière
    Ces âmes prodigues, mon Dieu!

« AVANCE EN PLEINE EAU... »

(Luc. V. 4.)

Au moment de quitter le port, ô barque frêle,
Prête, au soleil levant, à déployer tes ailes
    Dans la lumière et dans la paix,
Vois-tu ces cirrus gris qui déjà s'amoncellent?
De l'orage prochain crains la vive étincelle,
    Et la vague aux embruns épais!

Redoute les courants, les tourbillons rapides,
Les coups de vent subits et les récifs perfides,
    Et l'approche du soir obscur...
Ta coque est bien légère, et fine ta mâture...
Que vas-tu faire au large, où t'attend l'aventure
    Périlleuse? le port est sûr.

Mais la barque frémit au souffle qui l'attire.
« Je ne redoute point la tempête et son ire,
    Ni les flots vers lesquels je vais,
Ni le récif trouant ma fragile carène...
Le Pilote est à bord, et sa voix souveraine
    Fera taire les vents mauvais.

Il m'a dit : « Avance en pleine eau », et je m'élance,
Sans hésiter, sachant en qui j'ai confiance,
    A sa voix jetant les filets;

Puisque le maître est là et que sa main me guide,
Je suis sûre qu'au soir ils ne seront point vides
   Quand il dira : « retire-les ! »

O gens de peu de foi, ma course est assurée
Venez donc à mon bord pour la courte durée
   Du voyage et de son effort.
Travaillant pour Jésus, même aux heures d'orage,
Il gardera l'esquif de l'éternel naufrage,
   Et le conduira jusqu'au port.

LE ROCHER

Contre les rochers gris, dans un effort immense,
La mer monte à l'assaut, descend, et recommence.

D'un mouvement puissant, profond et continu,
Elle attaque en grondant le pied du rocher nu.

Son écume, souvent, éclabousse la crète...
Inlassable, jamais son effort ne s'arrête.

La vague arrive, monte, et se recourbe encor,
Et tente d'ébranler la base qu'elle mord.

Et son mugissement ressemble au cri de guerre
Par lequel les lutteurs se défiaient naguère,

Mais le rocher résiste, insensible à la voix,
Qui sans répit le berce et menace à la fois.

Inébranlablement défenseur de la terre,
Il se dresse devant la vague volontaire.

Et sans jamais céder à l'effort qui le bat,
Il dit au flot méchant : tu ne passeras pas.

✠ ✠ ✠

Ainsi, ma France, ainsi, devant le mal qui gronde,
Tu te dressas afin de défendre le monde.

Séculaire rocher, à travers tous les temps,
C'est contre toi qu'en vain s'est acharné Satan.

De tout le genre humain auguste sentinelle,
C'est toi qui nous gardas de la nuit éternelle.

C'est à toi que Dieu dit : « Tiens ferme jusqu'au bout ! »
Et les plus grands périls te trouvèrent debout.

Ah ! que sans toi, devant l'infernale marée,
La faible humanité eût fui, désemparée !

Quels ravages eût faits le flot méchant et bas,
Si la falaise, enfin, n'avait pas été là !

Si le mal n'avait pas brisé toutes ses lames
Sur ce roc éternel et sublime : ton âme !

Certes, il a creusé des trous dans ton rocher...
Mais Dieu seul a le droit de te les reprocher ;

Et son amour, sachant que la lutte est si dure,
Se penche avec compassion sur tes blessures.

Il sait que tu tins bon, ferme jusqu'à la mort,
Et te bénit, rocher, que Lui-même rend fort !

Terrible fut la brèche où la vague s'engouffre...
Mais le Maître des flots, qui sait ce que tu souffres,

Est puissant pour guérir ce que fit leur courroux...
Courage! il nous défend! qui sera contre nous?

Nul Océan ne brisera ta résistance...
Ne crains rien!.... même l'ouragan, dans la distance,

Ne submergera point ton front baigné de ciel,
Gardienne du droit... que garde l'Eternel!

JEANNE D'ARC

(Pour être dit par des petites filles.)

TOUTES

Toi qui de nous es la plus sage,
Pour célébrer le jour des prix,
Conte nous quelque belle page
De l'histoire du cher pays !
Petites âmes curieuses,
Enfants de France, nous aimons
Les héroïnes glorieuses....
Evoques-en, pour nous, les noms....

UNE GRANDE

Soit. — L'histoire que je préfère
Entre tous les plus beaux récits,
C'est celle d'une humble bergère,
Que Dieu fit naître à Domrémy.

TOUTES

C'est Jeanne d'Arc !

LA GRANDE

             Oui, c'est bien Jeanne.

A peine plus grande que nous,
Filant, à l'ombre des platanes,

Sa quenouille de chanvre roux,
Ou paissant le troupeau qui rêve,
Elle aimait à prier, tout bas. —
Un jour, une clarté s'élève :
Une voix dit : « Ne tremble pas!
« Jeannette, sois pieuse et bonne!
« Dieu, sur toi, a de grands desseins.
« Le roi te devra sa couronne :
« Tu le feras sacrer à Reims! »

TOUTES

Qu'elle dut avoir peur, pauvrette!
Qui donc parlait ainsi, du ciel?

LA GRANDE

C'était l'archange Saint Michel.
Il revint souvent voir Jeannette.
Comme aujourd'hui, les ennemis
Dévastaient le sol de la France;
Et l'écho d'horribles souffrances
Arrivait jusqu'à Domrémy.
Jeanne en avait l'âme meurtrie;
Son cœur ne les oubliait plus;
Et elle portait sa Patrie,
Lorsque résonnait l'angélus,
Aux pieds de Messire Jésus...
Quand elle eut dix-huit ans, deux Saintes
Qu'elle écoutait d'un cœur fervent,

Lui dirent : « Jeanne, pars sans crainte,
« Et vas, au nom du Dieu vivant,
« Remettre au Dauphin son royaume.
« Nous serons là ; va de l'avant ! »

TOUTES

Elle quitta son toit de chaume ?
Les bras ouverts de ses parents ?

LA GRANDE

Oui, pour obéir au message
De Dieu, rien ne put l'arrêter.
Ainsi devons-nous l'imiter,
Amies, quel que soit notre âge.
Ce que Dieu demande de nous,
Si dur que cela nous paraîsse,
Il faut l'accomplir, sans paresse
Et sans retard… le ferez-vous ?

TOUTES

Oui, comme Jeanne la bergère
Qui ne songea qu'à plaire à Dieu,
Nous voulons tâcher de mieux faire,
Afin de l'imiter un peu..

UNE AUTRE

Mais au bout de son long voyage,
Que trouva-t-elle ?

LA GRANDE

       Un pauvre roi
Sans diadème et sans courage...
Mais si puissante était sa foi,
Que, guerrière improvisée,
Et bravant dédains et risée,
Elle vainquit les ennemis,
Et dans Orléans délivrée
Fit flotter les trois fleurs de lys.

TOUTES

Mais comment une pauvre fille
Put-elle vaincre les méchants,
Et prendre tournelle et bastille ?

LA GRANDE

« En nom Dieu ! » dit-elle souvent.
Plus grand que les grands capitaines,
Par sa sagesse souveraine
Dieu l'inspire, Dieu la conduit...
Les Saintes lui montrent la route....
Ainsi Dieu guide qui l'écoute.

TOUTES

Que toujours son nom soit béni !

LA GRANDE

Mais Jeanne n'est pas satisfaite :
Le Dauphin n'est pas roi encor ;

Dans Reims, où le peuple est en fête,
Il reçoit la couronne d'or.
Et sous les plis de sa bannière
S'incline la pure guerrière...

TOUTES

Comme son cœur dut battre fort !
Sa tâche était bien accomplie !

LA GRANDE

Non, car un cruel ennemi
Ravageait encor la Patrie,
Jeanne d'Arc n'avait pas fini !
Elle sait, guerrière céleste,
Que tant qu'un seul devoir nous reste
Il nous faut souffrir et lutter.
Qu'on n'a rien fait si l'on s'arrête,
Si l'on se laisse rebuter.
Mais le faible roi l'abandonne...
Pour la suivre dans son effort,
Jeanne ne trouve plus personne,
Et l'ennemi cherche sa mort.
Si bien qu'au soir d'une bataille
Où elle a lutté sans espoir,
Elle est tombée en son pouvoir !

TOUTES

Pauvre Jeanne ! nos cœurs défaillent
En songeant à son désespoir !

Prisonnière, hélas! quelle peine!
Mais pour la sauver de ces chaînes,
Le roi dut faire un grand effort!...

LA GRANDE

Non, le roi, la foule, l'oublient.
Celle qui sauva la Patrie,
Seule, dut affronter la mort.
Ennemis cruels, juges pires,
Bourreaux, tortures, abandon,
Rien ne manquait à son martyre :
Elle souffrit la Passion.
Mais, brave comme en la mêlée,
Devant ses juges odieux,
Jamais son âme désolée
Ne douta un instant de Dieu.
Héroïque, Jeanne, indomptée,
Sûre de son maître divin,
Le confessa jusqu'à la fin.
« Non, mes voix ne m'ont pas trompée!
« Je n'ai rien fait qu'au nom de Dieu! »

Et lorsque l'étreinte du feu,
L'horrible atteinte de la flamme,
L'eût cachée aux yeux éperdus,
Le dernier souffle de son âme
Fut encor ce saint nom : « Jésus! »

TOUTES

Que tu avais raison de dire
Que de tous les récits d'antan,
Celui de Jeanne, pure enfant,
Guerrière, héroïne et martyre,
Etait le plus beau, le plus grand,
O Jeanne, patronne de France,
En souvenir de ta souffrance,
Aide-nous toutes à souffrir !
A vivre mieux; à toujours croire ;
A remporter toute victoire
Sur le mal prêt à nous saisir...
Et sous le fardeau qui nous pèse,
En ces jours d'extrême péril,
De tes petites sœurs françaises
Sois le soutien !
Ainsi-soit-il !

Juillet 1918.

✠ ✠ ✠

III

SOURIRES

MATIN DE PAQUES A MENTON

Pâques ! dans le soleil étincelant et clair,
    La vie est entrée en ce monde.
La lumière éblouit les toits, les rocs, la mer...
    Le ciel et les flots se confondent.

On ne voit point de borne à l'horizon tout blanc,
    Où la mer monte vers la nue.
Ainsi dans ton amour se fond mon cœur tremblant,
    O Christ !... ainsi mon âme émue

Se perd, dans la clarté qui rayonne aujourd'hui
    Sur nos ténèbres douloureuses...
Sur l'océan des pleurs, ton immense amour luit
    Comme une aurore glorieuse.

Nous ne savons plus bien où s'arrête le ciel,
    Où la mer plaintive commence...
Tu verses dans nos cœurs meurtris, Dieu de clémence,
    Un rais de bonheur éternel !

1919.

✜ ✜ ✜

CANTIQUE

Les montagnes et les collines
éclateront d'allégresse.

(ESAIE. 55-12.)

Pour entendre chanter l'allégresse éternelle
   De ce jour de Pâques béni,
Mon âme fait silence, écoutant autour d'elle
   Les mille voix de l'Infini.

C'est le chant de la mer, verte sous le ciel mauve :
Chaque vague, en montant au bord du sable fauve,
Célèbre le Seigneur, et meurt comme à ses pieds.
Et le flot se souvient, dans son hymne incessante,
D'avoir bercé Jésus de sa voix caressante,
   Quand il dormait, exténué.

Et les sommets rocheux, baignés dans la lumière,
Admirable couronne au front de l'horizon,
Majestueusement répètent l'oraison
   Que la vague fit la première.

Ils ont été le trône où le Seigneur s'assit,
Pour dire aux cœurs ouverts : « N'ayez d'autre souci
   « Que le royaume de mon Père. »

Ils l'ont entendu dire au monde stupéfait :
« Comme le Dieu vivant, frères, soyez parfaits !
          « Soyez des enfants de lumière ! »

Ces sommets azurés ressemblent au Thabor.
C'est eux que le Seigneur, dans un nuage d'or,
          Quitta pour entrer dans son règne.
Cimes de beauté pure où le cœur, d'un élan,
Monte dans le ciel clair, vers les bras que lui tend
          Le Père, que les démons craignent.

Tout près, le torrent clair rédit, en bondissant :
« Il est ressuscité ! » aux rochers de ses berges,
Où les cyprès dressés semblent d'immenses cierges
          Dans le soleil resplendissant.

Et sous les oliviers aux puissantes ramures,
La brise de l'Avril passe, dans un murmure,
          En répétant aux troncs noueux
Le nom devant lequel tout l'univers s'incline,
Et qui fait éclater montagnes et collines
          Aujourd'hui, en accents joyeux.

O flots qu'il a calmés, ô cimes, où la foule
Le suivait, le pressait, comme une immense houle,
          Bois d'oliviers où il pria,
Torrents qu'il a franchis, maisons qu'il a bénies,
Vous chantez en ce jour l'allégresse infinie
          De l'aube qui vous délia.

Nos cœurs chantent aussi l'hymne de gratitude,
Qui vers le Dieu d'amour monte comme un encens,
Avec le val profond, la mer, et l'altitude,
        Cantique aux pénétrants accents.

Car tout porte le sceau béni de ton passage,
O Sauveur, dont l'amour a voulu le partage
        De notre joie et de nos maux !
Tout mourait avec toi, nos cœurs et la nature,
Si, au surlendemain des suprêmes tortures,
        T'avait pu garder le tombeau !

Mais aussi, tout revit parce que tu te lèves,
Seigneur ressuscité ! et la mer, sur la grève,
La cime et le torrent chantent l'Alleluia.
Dieu a pris en pitié toutes ses créatures !
Christ a vaincu la mort ! la victoire future
        Pour notre âme aussi sonnera.

Mais ce n'est pourtant pas d'une égoïste joie
Que palpitent nos cœurs ; toi qui mourus pour eux,
O Sauveur ! il fallait que, vivant, ils te voient,
        A jamais grand et glorieux !

✤ ✤ ✤

Mon cœur mortel bénit le Prince de la Vie !
Que de son sûr chemin jamais il ne dévie !
Mon espoir, mon soutien, ma force, sont en lui.
Mon esprit le célèbre et mon âme l'adore...
Tandis que redisant son nom, j'entends encore
La grande voix des flots qui s'enfle dans la nuit.

✠ ✠ ✠

LES OLIVIERS

Entre les troncs noueux d'oliviers séculaires,
Le soleil filtre à peine en gouttes de lumière…
Et je songe à ce que, jadis, des troncs pareils
Ont vu, dans la douceur d'un semblable soleil.

Sous cette ombre argentée, un paisible cortège,
Que durant tout le jour une foule assiège,
     S'abrite enfin des indiscrets ;
Et, s'asseyant au pied de l'arbre qui frissonne,
Parlant comme jamais n'avait parlé personne,
     Le Maître explique ses secrets.

Il dit aux cœurs ouverts qui l'ignorent encore,
Comme il faut que l'on serve Dieu, et qu'on l'adore,
     En esprit et en vérité…
Sous le feuillage gris où le groupe a pris place,
Le souffle de la brise emporte dans l'espace
     Des paroles d'éternité.

Et quand, au soir doré, dans la paix indicible,
Il a vu ses amis pris d'un sommeil paisible,
     ˙ Le Seigneur se met à genoux,
Et parle avec ardeur, non plus au cœur des hommes,
Mais au cœur de son Dieu, du Père, dont nous sommes
     Les enfants coupables et fous.

O Jardin d'oliviers, sous tes sombres ramures,
Comme il a dû monter de ces divins murmures,
    Que d'éloquents et saints appels !
Il semble, à cause d'eux, qu'à travers tous les âges,
Dieu ait permit à la douceur de ton feuillage
    De garder un reflet de ciel.

Mais, un soir, c'est étreint d'une angoisse mortelle,
Que le Seigneur revient à l'ombre fraternelle :
    Il attend ton baiser, Judas !
Un silence anxieux plane sous la verdure...
Et portant seul l'horreur des tourments qu'il endure,
    Christ vers le ciel lève les bras.

Puis, sur les pas du traître, une foule accourue,
Entre les oliviers jusqu'au Maître se rue,
    Comme elle eut fait sur un bandit.
Avec des cris et des blasphèmes, on l'entraîne...
Et je crois vous entendre encore, ô voix de haine
    Qu'alors le feuillage entendit !

Et c'est depuis ce temps, sans doute, qu'il est triste,
L'olivier, sous un ciel d'azur ou d'améthyste,
Gardant, sans un sourire, un humble et morne gris...
Au milieu des couleurs éclatantes du monde,
Il se souvient... et dans ses frondaisons profondes,
    Porte le deuil de Jésus-Christ.

✣ ✣ ✣

LA MER

I

Sous l'étincellement des rayons dans les vagues,
La mer est presque blanche, éblouie, au soleil;
Une exquise douceur baigne l'horizon vague :
    Le ciel et les flots sont pareils....

Ah! que mon cœur ressemble à cette mer unie,
Lumineuse quand Dieu y verse ses rayons!
Qu'aussi sereinement mon âme communie
    En son amour, dont nous vivons!

Quand le flot est si calme et si pur, c'est, sans doute,
Que les pieds de Jésus viennent de le franchir,
Qu'au passage divin la mer s'apaise toute,
    Et ne peut plus que le bénir.

Maître, en mon âme aussi ta présence fait taire,
Parce que tu l'emplis d'une ineffable paix,
Les plaintes, les soupirs et les bruits de la terre,
    Et les murmures du mauvais.

Et semblable à la mer pâle, sans une ride,
Qui jusqu'à l'horizon miroite, je fais vœu
Que mon cœur douloureux, et trop souvent aride,
    Devienne le miroir de Dieu.

II

Ce matin, le mistral soufflait, voix irritée ;
Et la mer bondissait, avec de grands coups sourds,
En venant s'écraser aux rocs de la jetée
    Que l'écume couvre toujours.

Chaque vague, en dressant sa redoutable crète,
Semble vouloir monter plus haut, et s'accrocher...
Puis, d'un brusque sursaut, s'éparpille et s'arrête
    Sur l'inébranlable rocher.

Et, tandis que le vent pulvérise l'écume,
Et tente chaque fois plus formidable assaut,
Un oiseau dominant la tempête, la hume,
    Et, sans effort, monte plus haut.

Ah ! comme lui, puisqu'elle a des ailes, mon âme
Ne s'épouvante pas des flots tumultueux ;
Je porte dans mon cœur le maître de ces lames,
    Et de l'ouragan furieux.

La vague ne peut rien contre ma forteresse ;
Nul vent ne m'ôtera le bien que j'ai reçu.
Si hauts que soient les flots, au-dessus d'eux se dresse
    Celui qui n'a jamais déçu.

O Seigneur, je sais bien qu'il n'est point de tempête,
Que ne puisse calmer soudainement ta voix ;
C'est une expérience admirable qu'a faite
    Ma souffrance, plus d'une fois.

Je sais qu'il n'y a point de mer assez puissante
Pour submerger mon cœur alors qu'il t'appartient ;
Et que je puis fouler les vagues frémissantes
    Lorsque c'est ta main qui me tient.

Je sais qu'il n'y a point de souffle formidable
Qui de tes bras divins me pourrait arracher ;
Que tu seras toujours l'asile inviolable
    Où mon âme peut se cacher.

Je ne craindrai donc point des flots la violence,
Les menaces du vent qui hurle... tu es là,
O Christ ! et c'est de ta merveilleuse présence
    Que mon cœur, à jamais, vivra.

✥ ✥ ✥

LA MONTAGNE

I

Bleu foncé sur le ciel bleu pâle, la montagne
Festonne l'horizon de son profil aigu.
A ses pieds, le vert éclatant de la campagne,
    Et le lac de soleil fondu.

J'admire la grandeur de cette pure ligne,
Ce splendide sommet dressant ses rocs moussus,
En songeant qu'autrefois, Dieu l'aurait jugé digne
    D'être le trône de Jésus.

Car le sauveur aimait la paix de l'altitude ;
Il s'asseyait souvent sur la pente des monts,
Afin que, l'y suivant, l'avide multitude
    Entendît ses divins sermons.

La nuit, dans le silence auguste de la cime,
Sa prière montait plus sereine vers Dieu ;
Et, fortifié par le dialogue sublime,
    Il redescendait, radieux.

Ce fut sur un sommet ruisselant de lumière,
Qu'entre deux serviteurs, le Père tout puissant
Le vêtit un instant de sa gloire première
    Aux yeux des disciples tremblants.

Et ce fut sur ta cime, ô funèbre Calvaire,
Que l'on planta la croix... depuis lors, à jamais,
Son ombre couvre jusqu'aux confins de la terre,
Et domine tous les sommets.

Aujourd'hui, contemplant la montagne sereine
Dans sa majesté calme, il semble à mon regard
Qu'elle garde un reflet de grâce souveraine,
Laissé par Christ à son départ.

C'est parce qu'autrefois, sur le mont solitaire,
Se posèrent les pieds du Sauveur glorieux,
Que lorsque la nuit sombre ensevelit la terre,
Le sommet reste lumineux.

Et je ne puis plus voir de cime accidentée
Levant sur le ciel pur son profil triomphant,
Sans penser que Jésus l'a peut-être quittée
Il n'y a qu'un instant...

II

LA CROIX DU NIVOLET

J'aime, sur un sommet, qu'une croix simple et haute
Domine de très loin le pays alentour,
Pour que le passant, à mi-côte,
En la voyant, trouve plus court
Le rude chemin qu'il parcourt.

Pour que l'ascension lui semble plus facile,
Qu'il se sente gardé dans tous les mauvais pas,
Dans sa solitaire vigile,
La croix lui dit, tendant les bras :
« Viens ! ne regarde pas en bas ! »

Au-dessus des vallons, au-dessus des collines,
Du précipice affreux de notre abjection,
De ce qui menace et qui ruine,
Notre cœur rassuré devine
Ce signe de protection.

Même lorsque l'orage enveloppe la cime,
Et que l'éclair semble jaillir de ce sommet,
Nous te savons là, croix sublime,
Debout au-dessus de l'abîme
Qui ne peut t'engloutir jamais.

O signe de pardon, d'amour, de sacrifice,
Quand le but est trop haut et les efforts trop durs,
Il suffit que tu resplendisses,
Et que, vision rédemptrice,
Tu te découpes sur l'azur.

« Plus haut ! » disent alors nos cœurs qui te contemplent,
Plus hauts, vers les sommets que Jésus a gravis ;
Afin qu'à son divin exemple,
Notre âme qui l'aura suivi,
Atteigne le ciel où Il vit.

Ascension 1919.

L'ÉTERNEL EST MON BERGER

L'Eternel Dieu est mon berger,
Je ne connais point de disette.
Il me conduit par sa houlette,
Son joug est doux, son faix léger...
L'Eternel Dieu est mon berger.

L'Eternel est ma forteresse :
Je ne crains rien entre ses bras.
Aucun péril ne m'atteindra,
Si fort que l'ennemi me presse,
Car mon Dieu est ma forteresse.

L'Eternel Dieu est mon recours,
Mon refuge et mon espérance.
J'attends de lui ma délivrance,
Et le salut, au dernier jour...
L'Eternel Dieu est mon recours.

L'Eternel est ma joie unique,
Vers lui mon âme prend l'essor.
O pauvre monde tyrannique,
Tu ne peux rien sur mon trésor...
Car ma joie est dans le Dieu fort.

Aussi l'Eternel est mon maître ;
Je ne veux plus que le servir.
Je lui consacre, à l'avenir,
Mon âme, mon cœur, tout mon être...
L'Eternel Dieu est mon seul maître.

✠ ✠ ✠

L'ADIEU

J'aurai jusqu'à la fin joui de ta beauté,
France! cher paradis qui me seras ôté
Dans quelques jours, et qui garderas mon cœur triste.
J'ai rempli mes regards de ton ciel... il n'existe
Rien au monde de plus charmant et de plus pur
Que le sourire rayonnant de ton azur...
Et j'ai levé mes yeux vers tes hautes montagnes,
Roses quand l'aube y naît ou que le soir les gagne,
Et d'un bleu si profond à l'heure de midi.
J'ai pris au grand soleil, qui plus doux resplendit
Sur cimes et vallons quand ils sont tiens, Patrie!
Un rayon consolant, qu'en mon âme meurtrie
J'emporte, comme un cœur se souvient d'un regard.
Et je tâche, à présent, d'être prête au départ.
Et cependant, jamais tu ne me fus plus chère
Que depuis ta souffrance, ô douloureuse Mère;
Depuis que je t'ai vue, en ces terribles jours,
Tant pleurer, tant lutter, tant tenir, mon amour
A constamment grandi, transformé par l'épreuve,
Et je t'aime aujourd'hui d'une tendresse neuve.
Ah! l'on n'aime vraiment que lorsqu'on a souffert,
Qu'on a vu menacé l'être infiniment cher
Auquel on donnerait si volontiers sa vie!

Quand on a pu penser, comme au soir de Pavie,
Que tout était perdu, fors l'honneur, on sait mieux
De quel cœur passionné, frémissant, anxieux,
On t'aime... et que l'on tient, avec toutes ses fibres,
A toi, pays béni des flots purs, des cieux libres.
Oh ! comme tu fus beau, de clair soleil baigné,
Toi qui as si longtemps cruellement saigné
Sous le pied des félons, ô sol de la Patrie !
Et comme je comprends qu'avec l'idolâtrie
Qu'inspire une Maman quand on en est très fier,
Tes fils, puisque c'était pour toi, aient tout souffert !
Je vais souffrir aussi, beaucoup, d'autre manière...
Mais parce que j'ai vu, ce soir, grâce dernière,
L'étoile où mon chagrin souvent s'est consolé,
J'emporte ton regard dans mon cœur exilé.

✠ ✠ ✠

TABLE DES MATIÈRES

✣ ✣ ✣

III. *Sourires.*

✠ ✠ ✠

LA ROCHE-SUR-YON
IMPRIMERIE CENTRALE DE L'OUEST

www.ingramcontent.com/pod-product-compliance
Ingram Content Group UK Ltd.
Pitfield, Milton Keynes, MK11 3LW, UK
UKHW021741090726
13657UKWH00002B/840